De vloek van de tovenaar

De vloek
van de tovenaar

Brigitte Minne

met illustraties van
Marja Meijer

Uitgeverij Clavis, Hasselt

CIP-gegevens

Minne, Brigitte

De vloek van de tovenaar / Brigitte Minne ; omslag en illustraties
Marja Meijer. - Hasselt, Clavis, 1995. - 96 p. - ill.
ISBN 90 6822 315 1
UDC 82-93 NUGI 220
Trefw.: sprookjes, vriendschap, aandacht

© 1995 Uitgeverij Clavis, Hasselt
Omslag en illustraties: Marja Meijer

D/1995/4124/008
ISBN 90 6822 315 1

Inhoud

Een dik opstel

Juf Ans kijkt verbaasd naar een van de opstellen. Het is niet één vel, het zijn niet twee vellen: het is een hele stapel. De bladzijden zijn met een blauw lintje aan elkaar gebonden. Juf Ans herkent Sanders handschrift. Ze schenkt zichzelf een kop hete thee in en begint te lezen:

Vrijdag. De school is uit. Karel zit in de keuken en maakt snel zijn huiswerk. Tien sommen, dat valt nog mee.

Mama wast haar handen.

"Is je tas al klaar?" vraagt ze.

"Ja, mam."

"Tandenborstel bij je?"

"Ja, mam."

Karel schroeft het dopje op zijn pen.

"Klaar," juicht hij. "Die boekentas gaat niet meer open voor maandag."

Hij kijkt op zijn horloge en gaat bij het raam zitten. Straks komt opa hem ophalen. Hij gaat logeren. Karel heeft een heel bijzondere opa. Hij is een to-

venaar. Nee, geen enge man met een punthoed met sterren. Opa ziet er heel gewoon uit. Te gewoon. Niemand gelooft Karel als hij vertelt dat zijn opa kan toveren.

"Toveren?!" schateren de kinderen van zijn klas, "je liegt, dat bestaat niet." Alleen Lies gelooft hem. Lies is dan ook zijn beste vriendinnetje.

Ha, daar is opa's auto. Karel vliegt van zijn stoel en rent naar de voordeur.

"Hoi, knul."

Geen abracadabra of simsalabim, gewoon: 'Hoi, knul'.

Karel geeft mama snel een kus.

"Geen gekkigheid, vader," zegt mama streng. "En ook geen snoep."

"Nee, nee," belooft opa braaf.

Karel hoort dat opa 'ja, ja' wil zeggen.

Opa smijt Karels tas in de kofferbak van de auto. Luid toeterend rijden ze weg. Mama wuift tot de auto een heel klein speelgoedautootje is.

Opa remt bij de snoepwinkel om de hoek. "We gaan kauwgom kopen," bromt hij.

Karel komt hier nooit met mama. "Snoepen is slecht voor je tanden," zegt ze altijd.

Papa loopt de snoepwinkel ook altijd voorbij. "Heel ongezond die rommel," moppert hij dan en goochelt met een hoop moeilijke woorden waarom snoep ongezond is. Hij weet alles van gezond eten.

Maar opa is anders. "Ach, af en toe kan geen kwaad," glimlacht hij.

Achter de toonbank staat een oude dame.

"Kan ik helpen?" vraagt ze. Haar bril staat op het puntje van haar neus.

"Het is voor kauwgom, mevrouw."

"Pepermunt of fruitsmaak?" wil de snoepvrouw weten. "Met suiker of zonder?"

Opa buigt zich over de toonbank. "De bijzondere

kauwgom," fluistert hij geheimzinnig. Karel kan het nog net horen.

"Aha," lacht de vrouw en geeft een knipoog. "Niet verklappen, hoor," zegt ze tegen Karel.

Verbaasd schudt Karel zijn hoofd. Wat mag hij niet verklappen? Dat ze kauwgom kopen? Dat was hij ook niet van plan. Uit de la van de kassa vist de vrouw een sleuteltje op. Een klein gouden sleuteltje. Ze sloft naar een rek en pakt een paar potten weg. Achter de potten zit een kast in de muur. Met het sleuteltje maakt ze de geheime kast open. In de donkerste hoek van de kast staat een koffertje.

Voorzichtig doet ze het deksel open. Het koffertje is tot aan de rand gevuld met felgekleurde kauwgomballen.

Ze kiest een grote rode en een grote gele kauwgombal uit en stopt ze in een papieren puntzak. Het koffertje verstopt ze weer in de muurkast achter de potten.

"Hoeveel kost dat?" vraagt opa.

"Niets," antwoordt de vrouw, "maar doe ze wel de groeten."

Karel snapt er niets van. Kauwgom kopen zonder te betalen?

"Wie moeten we de groeten doen?" vraagt hij als ze op de stoep staan.

"Dat zul je wel zien," grinnikt opa.

"Mag ik een kauwgombal?"

Opa kijkt op zijn horloge. "Veel te laat, makker. Veel te laat."

Karel pakt zijn tas uit en trekt meteen zijn pyjama aan. Dan hoeft hij geen tijd meer te verspillen met omkleden. Opa kookt spaghetti. Dat is Karels lievelingskostje en eigenlijk vindt opa het ook wel heel lekker. Karel en opa eten de hele pan leeg. Opa wrijft voldaan over zijn buik.

Na de afwas spelen ze een spelletje ganzenbord.

Opa heeft pech: zijn gans vliegt in de gevangenis, valt in de put en is wel drie keer dood.

Karel wint.

"Jij hebt een zalige kauwgombal verdiend," zegt opa.

"Ik dacht dat je het nooit ging zeggen," lacht Karel.

"Maar die krijg je pas morgen, want van slapen zou niet veel meer komen."

"Hoe bedoel je, opa?"

"Het is heel speciale kauwgom. Meer verklap ik niet, jongeman."

"Toe, opa, vertel op. Is het toverkauwgom?"

"Misschien."

De koekoek springt uit zijn huis en roept. Opa

kijkt naar de klok.

"Wat? Al negen uur? Het is bedtijd, Karel. Kruip jij maar onder de wol. Ik lees nog wat en dan kom ik ook naar bed."

Karel ligt in het grote bed en kan maar niet slapen. Waarom is die kauwgom zo bijzonder? Waarom hoefden ze niet te betalen? En wie moeten ze de groeten doen van de snoepvrouw? Hij denkt zich suf. Toch vallen zijn ogen dicht. Als opa voorzichtig tussen de lakens glijdt, is Karel al lang in dromenland. Een land vol toverkauwgomballen.

Na het ontbijt voeren ze de kippen. Opa's rode kater krijgt brokjes en een schotel melk.

Dan gaat opa kijken of zijn worteltjes goed groeien. In de moestuin zegt hij opeens: "En nu is het tijd voor kauwgom." Hij haalt het zakje met kauwgomballen uit zijn broekzak.

Opa geeft Karel de gele kauwgombal en stopt de rode in zijn mond. Ze kauwen. Er gebeurt niets.

"Kun jij bubbels blazen?"

Mooie toverkauwgom, denkt Karel. Dat kun je met gewone kauwgom ook.

Karel blaast er een. Opa prikt met een vinger in de bel. De bel spat uit elkaar en plakt op Karels wangen. Toverkauwgom. Opa heeft hem beetgenomen. Gierend likt hij de slierten kauwgom van zijn gezicht.

"Let op," zegt opa.

Hij blaast een kanjer.

Dat kan ik ook, denkt Karel. Hij blaast de longen uit zijn lijf. Zijn kauwgombubbel wordt groter en groter. Hij kan niets meer zien, alleen de gele kleur van kauwgom.

"Hé, hé," murmelt Karel verschrikt met de kauwgombel aan zijn mond. "Mijn voeten gaan van de grond."

"Pak de bel met je hand," roept opa. "Ik versta niets van dat gebrabbel."

Karel pakt snel de kauwgom beet en voor hij het weet, hangt hij hoog in de lucht.

"Wat een vaart!" gilt opa. Hij vliegt naast Karel. Zijn broek wappert om zijn benen. Karels haren waaien voor zijn ogen. Ze vliegen razendsnel. Huizen, bomen en straten schieten onder hen voorbij. Ze vliegen over een bos.

"En nu naar beneden!" schreeuwt opa opeens.

"Hoe moet dat?" brult Karel. Hij kan fietsen en skaten, maar met een kauwgombal vliegen is wel wat anders.

"Fietsen," beveelt opa. Hij spartelt in de lucht. Karels knieën gaan heel vlug op en neer. Langzaam dalen ze. Ze landen bij een kleine beek in het bos.

Opa hijgt als ze weer op de grond staan.

"Wat een vlucht," mompelt hij. "De kauwgom hebben we voorlopig niet nodig."

Hij plakt de kauwgom achter zijn oor. Karel zet zijn tanden in de kauwgombal en bijt hem stuk. Het propje plakt hij ook maar achter zijn oor.

"Opa, wat nu?"

"Verrassing!"

Ze wandelen een heel eind door het bos.

"Daar moeten we zijn." Opa wijst naar een groot kasteel.

Karel slikt. Is dat de verrassing? Het kasteel ziet er ronduit griezelig uit. "In dat spookkasteel?" piept Karel. "Ben je gek? Ik durf niet."

"Ik ben toch bij je," sust opa.

Met knikkende knieën loopt Karel aan opa's hand. Ze volgen een pad met keien en klimmen de helling op.

Karels hart klopt in zijn keel als opa de enorme poort openduwt. In de hal staat een ijzeren harnas van een ridder. Uit het vizier springen twee muizen. Karel schrikt zich rot.

"Ze doen je niets," lacht opa. "Kijk eens hoe klein ze zijn."

De verf bladdert van de muren, en de ramen zijn kapot. Er hangt een schilderij van een beer met een opengesperde bek. De tanden blikkeren. Hun voetstappen weergalmen in de hal. Karel knijpt heel hard in opa's hand. Ze wandelen door donkere gangen en ze beklimmen krakende trappen. Ze lopen door muffe zalen waar in de hoeken en aan de balken reusachtige spinnewebben hangen. Wat moet opa hier? Karel zou het liefste naar huis hollen, maar opa loopt gewoon door. Ze komen bij een zware deur met een roestige deurknop. Er klinkt een piepend geluid. De deur zwaait vanzelf open. Karel weet niet wat hij ziet. Hij gaapt naar een ronde tafel met een aantal mannen eromheen.

"Dat zijn mijn vrienden," zegt opa. Hij geeft die rare kerels één voor één een hand. Karel blijft staan. Tjonge, die zien er echt uit. Ze hebben felgekleurde mantels om en rare hoeden op. Karel kijkt zijn ogen uit. Op tafel staat een glazen bol. In de glazen bol ziet Karel zichzelf in het klein.

"Zo, zo," zegt een tovenaar met een blauwe jas. Uit zijn neusgaten fladderen voortdurend vlinders.

"Is dat de leerling-tovenaar?"

Opa knikt. Alle tovenaars kijken aandachtig naar Karel. Een van hen zet zelfs een bril op.

Ik? Een leerling-tovenaar? denkt Karel. Wat krijgen we nu? Die tovenaars en opa zijn niet goed snik.

"Klaar voor de proef?" vraagt een tovenaar met enorme ringen in zijn oren en met een satijnen pofbroek.

"Klaar," antwoordt opa kordaat.

Nu nog mooier. Hij plant een punthoed op Karels hoofd en duwt een staf in zijn hand.

"Doe je best, jongen."

Opa gaat ook aan de tafel zitten.

Karel gluurt onder de hoed vandaan naar de tovenaars. Het is muisstil. Zijn knieën knikken nog altijd. Er klinkt geschuifel van een stoel. Een tovenaar met een groene mantel staat op en loopt naar Karel. Karel houdt zijn adem in. Wat wil die kerel? De tovenaar tilt zijn mantel op. Uit de mouw zweeft een rode bloem. Een papaver die voor Karels neus blijft hangen.

"Kun je mij in een kikker veranderen?" zingt de bloem.

"Kun je dat, Kareltje?"

"Na...natuurlijk niet," stamelt Karel. Zijn mond staat van pure verbazing wijd open.

"Natuurlijk wel," zegt opa doodleuk en hij wijst naar de staf.

Hup dan maar. Karel tikt met de staf tegen de bloem. Niets. Hij haalt zijn schouders op en kijkt naar opa. Opa's lippen bewegen.

"Abracadabra," doet zijn mond.

"Abracadabra," doet Karel hem na. "Simsalabim, abracadabra."

"Toe, maar," moedigt opa hem aan.

Karel danst als een gek om de bloem heen, zegt een hoop toverformules, zwaait met de staf, maar... de bloem blijft een bloem. De tovenaar met de groene mantel zucht en loopt naar zijn stoel. De

bloem danst achter hem aan.

Opa kijkt een beetje beteuterd. "Niets aan de hand," troost hij. "Je hebt nog een paar kansen."

Een tovenaar met een streepjeskat op zijn schouder komt nu bij Karel staan. Hij zet de kat recht voor Karels voeten neer.

"Kun je Bavet laten verdwijnen?"

"Natuurlijk niet," piept Karel.

"Natuurlijk wel," zegt opa en steekt zijn duim in de lucht. "Zet hem op, Karel."

Karel klopt voorzichtig met de staf op de kop

van Bavet. Op zijn rug. Op de staart. De kat vlijt zich tegen Karels benen en geeft hem kopjes. Karel huppelt, danst, simsalabimt, zwaait met de staf, doet een brullende leeuw na, een heel circus... maar Bavet verdwijnt niet.

De tovenaars zuchten misnoegd. Onder tafel vandaan sluipt een bruine hond naar Karel toe. Karel aait over zijn kop.

"Probeer die hond eens aan de praat te krijgen," beveelt de tovenaar met de bril.

Nijdig gooit Karel de staf op de grond. De hond springt geschrokken onder tafel. De poes miauwt.

"Zo is het wel genoeg," roept hij boos. "Ik kan niet toveren. Ik ben geen tovenaar."

"Die leerling-tovenaar is niet veel soeps," moppert de tovenaar in het midden.

"Wat een sukkel," spot de tovenaar met de kat. "Hij kan niets bijzonders."

"Helemaal niets en het is nog een driftkikker ook," jammert de tovenaar met de oorringen.

"Wel waar," zegt opa bits. "Hij kan een hoop bijzondere dingen."

"Kom nou," zeurt een tovenaar met lang haar. "Hij kan niets laten verdwijnen, geen bloem in een kikker veranderen en geen dier aan de praat krijgen. Wat moeten we met zo'n leerling-tovenaar?"

19

"Wat zijn jullie toch een stel ouwe knarren," snauwt opa. "Bloemen in kikkers veranderen... Dat is ronduit ouderwets en dieren laten verdwijnen... Belachelijk."

Karel kijkt opa met grote ogen aan. Hij gaat toch geen ruzie maken met die tovenaars? Straks veranderen ze hem in een pad of een slang.

"Vertel ze maar waarin je bijzonder bent," roept opa uitdagend met zijn hoofd in zijn nek.

Karel slikt. "Euch... Ikke... kan al op mijn rug zwemmen..." stamelt hij.

"Tja," zeggen de tovenaars.

"Als... als ik in het doel sta, laat ik niet veel ballen door."

"Tja," zeggen de tovenaars.

"Ik heb een grote hekel aan andijvie en toch eet ik altijd een schepje."

"Tja," zeggen de tovenaars.

"De juf zegt dat ik heel goed kan liegen."

"Zo, zo, zo," roepen de tovenaars in koor. "Dat is interessant."

"En is dat zo?" vraagt de tovenaar met de oorringen.

"Eigenlijk niet," zegt Karel. "Ze gelooft niet dat opa een tovenaar is en ze zegt dat tovenaars niet bestaan."

"Schande," roept een tovenaar boos. "En dat voor een juf. Juffen moeten alles weten, ook dat tovenaars bestaan."

"Ze gelooft ook niet dat mijn moeder een spin is," vertelt Karel. "We wonen in een web. 's Zondags eten we stoofpot van vliegen. Ik ben ook een spin, maar als ik met opa meega, verandert hij me eerst in een mens. Hij kan moeilijk met een spin op stap gaan. Weet je wat spinnen zalig vinden? Rolschaatsen! Het is wel een hele klus om de rolschaatsen aan te trekken met onze acht poten. Na het rolschaatsen gaan we altijd in bad of onder de douche. Vandaar dat je vaak spinnen in de badkamer vindt. Als je met een vergrootglas kijkt, kun je zien dat die spinnen een badmuts op hun kop hebben. Spinnen gruwelen van natte haren. Vooral de dames, want die laten er altijd krullen in zetten bij de hommels. Dat zijn eersteklas kappers, maar ze zijn schandalig duur."

De tovenaars luisteren met open mond.

"We wisten niet dat jij en je moeder spinnen zijn..." zegt de tovenaar met de oorringen.

Opa schatert en kletst met zijn handen op zijn benen. "Dat is ook niet zo, mafkees. Dat heeft hij net verzonnen."

Mafkees. Die zit. De tovenaar kijkt op zijn neus.

21

"Zo vrienden, wat denken jullie van de leerling-tovenaar? Dat is wat anders dan dieren laten praten, hè?"

De tovenaars steken hun hoofden bij elkaar. Ze fluisteren en fluisteren en fluisteren.

"En?" vraagt opa.

"Ssst," roepen de tovenaars.

Af en toe kijken de tovenaars naar Karel en dan fluisteren ze weer.

Opa ijsbeert. Hij loopt steeds maar weer om de tafel heen.

De tovenaar in het midden staat op. "Hij is één van ons," zegt hij plechtig.

"Hoera!" juicht opa en vliegt Karel om de hals.

Karel staat er beduusd bij.

Opa slaat op zijn schouders. "Dat heb je goed gedaan, kerel. Heb je je kauwgom nog?"

Karel voelt achter zijn oren en knikt.

"Oh, ja," zegt opa met de roestige deurknop in zijn hand, "de groeten van de snoepvrouw."

De tovenaars glimlachen.

"Tot ziens, leerling-tovenaar."

Opa glundert. Zijn dag kan niet meer stuk. Karel huppelt blij aan zijn hand mee naar buiten. Dan vliegen ze met de kauwgom weer naar opa's moestuin. De rest van de logeerpartij oefent Karel met de toverstaf. Het gaat elke dag een beetje beter.

"Ik ben een leerling-tovenaar," verklapt Karel.

"Wat verzin je nu weer?!" zucht de juf.

"Opa en ik gingen naar een groot kasteel. Het was er heel griezelig. Er stond een echt harnas in de hal en aan de muur hing een schilderij met een grote beer. Toen kwamen we in de vergaderzaal, waar de tovenaars wachtten. Ik moest met een toverstaf een bloem in een kikker veranderen en een hond laten praten, maar dat lukte niet. De tovenaars vonden dat ik heel goed kan liegen en dat was ook genoeg om leerling-tovenaar te worden. Ik oefen elke dag met de staf."

"Karel, je bent een liegebeest," gillen de kinderen.

"Het is echt waar," piept Karel.

"Karel, je slaat weer op hol," moppert de juf. "Je gelooft je eigen leugens nog."

Karel kijkt naar Lies. Ze glimlacht heel lief. Ik geloof je wel, wil ze zo zeggen.

Vanavond ga ik met Lies kauwgomballen halen, denkt Karel.

Juf Ans legt de vellen op tafel en staart voor zich uit. Dan neemt ze een slokje van haar thee. Ze trekt

23

een vies gezicht. Bah, de thee is helemaal koud geworden. Het was zo'n spannend verhaal dat ze is vergeten om haar thee op te drinken. Pff, die Sander kan schrijven. En dat voor een jongen van negen... Niet een paar blaadjes, maar bijna een boek.

Juf Ans vindt Sanders verhaal prachtig.

Morgen lees ik het opstel in de klas voor, denkt ze. Dat heeft Sander wel verdiend.

Een spion op zolder

Dezelfde Sander pakt op dat moment het dikste sprookjesboek uit de kist en wipt in de hangmat. De dikke touwen knerpen om de balken. Zijn ogen speuren de zoldering af. Hier en daar hangt een spinneweb. Bij het dakraam wappert een pluk spinrag. De zolder is een heerlijk hol om in weg te duiken. Hier hoort hij geen telefoon, geboor in kiezen

of gorgelen. Op zolder staan heel veel oude spullen van Sanders opa: een spiegelkast, een schemerlamp, een kinderbed met gedraaide spijlen en natuurlijk de kist met sprookjesboeken. Vergeelde sprookjesboeken met krulletters en van die ouderwetse plaatjes.

Het huis was vroeger van Sanders opa. Maar vijf jaar geleden was opa gestorven en nu wonen Sander en zijn ouders in het huis.

Sander kan zich zijn opa maar vaag herinneren. Hij was ook zo klein toen hij doodging. Hij weet wel dat opa een bromstem en een heel dikke buik had. Tussen twee knoopjes van zijn overhemd piepte altijd zijn witte hemd tevoorschijn. Opa kon zalig vertellen, zegt papa, en oneindig veel verhalen verzinnen. Sander zou graag naar opa's verhalen geluisterd hebben. Hij is dol op verhalen, vooral sprookjes vindt hij heerlijk. Vandaar dat hij elke dag in de oude sprookjesboeken leest.

Soms droomt hij bij het lezen weg. Dan is hij een prins op een gevlekt paard. Linde, het liefste meisje van de klas, zit achterop. Hij rijdt haar naar luilekkerland. Daar roeien ze in een bootje op een colavijver. Ze hebben een heel lang rietje dat in de vijver hangt en drinken hun buiken vol. Na het varen gaan ze aan wal. Ze schudden aan alle snoepjesbomen die er groeien tot het dropjes, zure veters, spekjes en lolly's regent. Alle dingen die verboden zijn als je moeder tandarts is. Maar in sprookjes kan alles.

Een andere keer is Sander een tovenaar. Dan verandert hij de gymjuf in een kikker en laat haar in een touw klimmen. Met haar glibberige poten komt ze natuurlijk niet naar boven. En dan schatert hij heel gemeen en noemt haar een stijve hark. Dat doet zij ook als ze een slecht humeur heeft.

De kinderen in zijn klas houden meer van televisie en computerspelletjes. Ze lezen geen sprookjesboeken. Sander snapt dat niet. Hij vindt sprookjes juist heel spannend. Vooral als er heksen, boze tovenaars, draken of andere griezels in voorkomen. Hij slaat het boek open. *Roodkapje.*

Sander leest: *Roodkapje stopt een fles wijn en koek in haar mandje.*

De wijn kan Sander gestolen worden. Hij lust geen wijn. Maar in die koek heeft hij best trek. Er zit natuurlijk een hoop suiker in. Hij stelt zich voor dat hij een grote hap neemt. Hij grijnst. Zijn moeder moest eens weten...

Een paar meter boven het hoofd van Sander zit Loek. Hij kijkt naar Sander. Hij slaat zijn benen om de balk om Sander nog beter te zien. Ziet hij dat goed? De jongen leest weer in een sprookjesboek en hij grijnst. Potjandorie, dat ventje heeft er plezier in. Dat is nu al vijf dagen zo. Dat is goed nieuws. Er is dus toch nog een kind dat van sprookjes houdt. Misschien is nog niet alles verloren. Al vijf dagen komt Loek hier. En elke keer leest die jongen in een sprookjesboek. Mooi is dat. Mooi. Het ontroert hem. Er biggelt een traan langs zijn wipneus. Hij klemt zijn ene hand om de balk. Met zijn andere hand vist hij zijn zakdoek uit zijn jas. De zakdoek zit vast. Loek trekt nu met allebei zijn handen. Hij verliest zijn evenwicht en valt naar beneden.

"Verdomme," gilt hij.

Met een plof komt hij op het oude kinderbed neer.

Sander schrikt. Hoorde hij daar iets bij het oude kinderbed? Riep daar iemand 'verdomme'? Hij laat zich uit de hangmat rollen en loopt op kousevoeten naar het bed. Het bed is zoals het altijd is: een kinderbed met afbladderende blauwe verf en een roze matras met gele konijntjes. Alleen... Tussen de spijlen ziet Sander iets roods. Hij buigt zich over het bed en raapt het op. Het is een rode puntmuts die precies op zijn duim past. Het mutsje komt hem bekend voor. Ja, natuurlijk, de kerstmannetjes die elk jaar in de kerstboom hangen hebben zulke mutsjes op. Sander loopt naar de kartonnen doos met kerstspullen. Een voor een tilt hij de kerstmannetjes uit de doos. Vreemd. Ze hebben allemaal een mutsje op. Hij haalt zijn schouders op en legt het mutsje in de doos. Dan hijst hij zich weer in de hangmat om verder te lezen.

Sanders moeder roept uit volle borst. Sander hoort het niet want het luik is dicht. Mopperend loopt ze de trap op. Haar witte schort wappert achter haar aan.

"Sander zit weer op die stoffige zolder," zucht ze. Bij het luik gilt ze: "We gaan eten!"

Sander schrikt en schiet overeind.

"Ik ben niet doof," mompelt hij en hij roept: "Ik kom."

Hij klapt het boek dicht, wipt uit de hangmat en legt het sprookjesboek in de kist.

Hij tilt het luik op en laat zich voorzichtig van de ladder glijden.

"Zat je weer op zolder?" vraagt papa.

"Yep."

"Ik snap dat niet," mompelt papa, "ik vind het er maar niets. Het is een vuile troep."

Sander zwijgt. Hij snapt niet dat papa de zolder maar niets vindt. Hij vindt het er heerlijk. Het is zijn plek, zijn hol. Van hem alleen.

Papa schept de borden vol. Na de soep is er rauwkost en notenbrood.

"Lekker," zegt Sander.

"En gezond," voegt papa er onmiddellijk aan toe.

Dat 'gezond' moet er voor papa altijd bij. Net als de papa in Sanders opstel weet hij alles over gezond eten. Sanders papa werkt in een ziekenhuis en zegt wat de mensen moeten eten om beter te worden: minder suiker, minder zout, meer groente en fruit...

De laatste homp brood is nog niet door Sanders keel als mama zegt: "Vergeet niet je tanden te poetsen."

Het is hier echt een poets-je-tanden-en-eet-gezond-huis, denkt Sander als hij naar de badkamer loopt.

Een spion in de krijtbak

Na de rekenles deelt Juf Ans de opstellen uit. Alleen Sander krijgt zijn opstel niet terug.

"Sander heeft een prachtig verhaal geschreven," zegt juf Ans. "Niet een blaadje met een paar zinnen, maar wel tien vellen vol. Het is een sprookje. Als jullie stil zijn, lees ik het voor."

Het wordt op slag muisstil. Luisteren naar een verhaal is veel fijner dan leren.

Sander loopt vuurrood aan. Hij is blij dat juf Ans zijn opstel mooi vindt, maar hij is ook een beetje verlegen. Gelukkig heeft hij de naam veranderd! Het meisje in het verhaal heette eerst Linde. Sander vindt Linde het liefste meisje van de klas en misschien wel van de hele wereld. Hij kijkt naar haar. Ze lacht het spleetje tussen haar twee voortanden bloot en wrijft over haar stekelkop. Die korte haren passen bij haar. Linde griezelt van jurken en houdt van modelbouw.

De andere kinderen zouden natuurlijk gevraagd hebben: "Waarom heet het meisje in je opstel Linde? Ben je verliefd op haar?" En dan zou Sander knalrood geworden zijn. Linde en Sander spelen vaak samen en hebben dan dolle pret, maar het is niet echt aan. Sander zou zoiets nooit durven vragen.

Juf Ans schraapt haar keel.

"Het is een lang verhaal. Luister: *Vrijdag. De school is uit...*"

Loek wrijft in zijn ogen. Hier kan niemand hem zien, maar het is een vieze troep. Bah, hij zit helemaal onder het krijt. Zijn kleren zitten vol vegen. Hij gaat op de spons zitten. Met zijn wijsvinger peutert hij het stof uit zijn oren. Hij piept even met zijn hoofd boven de krijtbak uit.

"Opa wijst naar een groot kasteel. Karel slikt," vertelt juf Ans.

De kinderen luisteren met open mond naar Sanders opstel.

Loek ziet de open monden. De jongen op de eerste rij vergeet van pure spanning in zijn neus te peuteren. Zijn vinger steekt in zijn neusgat, maar hij haalt er niets uit. Linde kijkt Sander bewonderend aan. Wat een kei in het schrijven van opstellen! Ze vindt Sanders verhaal mooier dan het boek dat ze voor haar verjaardag van tante Leen heeft gekregen.

Dan heeft Loek een idee. Zo'n idee heeft hij in jaren niet meer gehad. Het is zo'n schitterend idee dat hij halsoverkop uit het krijtbakje klimt. Jakkes, zijn broek is helemaal nat van die spons. Maar het kan hem niet schelen. Hij klemt zijn benen en armen om de poot van het bord en glijdt naar beneden. De kinderen hangen aan juf Ans' lippen. Ze zien niet dat Loek naar de deur rent en zich naar buiten haast.

Groot nieuws in sprookjesland

Fien pakt een bos fijne takjes en knoopt er een touw om. De dunne takjes bindt ze om een dikke tak. Ze trekt het touw goed aan zodat de takjes op hun plaats blijven. Met een mes snijdt ze daarna de takken mooi gelijk. Zuchtend legt ze de bezem op een hele stapel andere bezems.

"Je kunt bijna een handel in bezems beginnen, Fien," zegt Rozebottel.

Fien kijkt nijdig naar Rozebottel, die alweer een pen heeft gebreid en de halve sok omhoog houdt.

"Ja, en jij een sokkenwinkel!"

Rozebottel legt de breinaalden in haar schoot. "Sorry, zo had ik het niet bedoeld."

"Hou dan je bek!" snauwt Fien.

Een eind verderop, aan de voet van een dikke boom zitten Wolf en Vos te kaarten.

"We willen kaarten!" gilt Vos. "Schei uit met ruziën!"

"Kaarten... wat een fijn tijdverdrijf," hoont Fien.

"Het is beter dan ruziën," snauwt Wolf.

"Waar bemoei jij je mee?" gilt Fien. "Je rookt de

ene pijp na de andere, verpest de lucht... Gaat hij een potje vervelend doen als een mens wat zegt."

"Fien heeft gelijk, Wolf," zegt Rozebottel zacht. "Dat roken is slecht voor je. Je hoest lelijk..."

"Natuurlijk heb ik gelijk," schreeuwt Fien. "Hij hoest zijn longen nog uit zijn lijf."

"Het zijn mijn longen," bromt Wolf. Terwijl hij dat zegt, lurkt hij nog eens goed aan zijn pijp. Alleen om Fien te pesten.

"Deel jij de kaarten maar, Vos."

Rozebottel haalt haar schouders op en breit verder. Fien raapt mopperend kleine takjes van de grond.

"Kijk uit je doppen," gilt Zilvervleugel, een van de elfjes. "Het scheelde niet veel of ik had die pijl in mijn oog."

"Doe niet zo flauw," bromt Goudvleugel, het andere elfje. "Ik heb je niet geraakt."

"Je hebt me wel geraakt, leugenaar!"

Goudvleugel gooit nijdig zijn boog en pijlen op de grond.

"Wat zijn we toch geïrriteerd," zucht Rozebottel. "En allemaal omdat geen schrijver nog een woord aan ons verspilt. Kinderen hoeven geen sprookjes meer. Ze weten niet eens meer wie we zijn. Ze willen robots, computerspelletjes, televisie... Maar geen sprookjes. Dus waarom zou er iemand nog een boek over ons schrijven? Vergeten zijn we. Gewoon vergeten."

Vos kijkt over zijn kaarten naar Rozebottel en knikt. "Niemand weet meer van ons bestaan af. Dikke nullen zijn we, pulp, schroot, afgedankte lorren..." mompelt hij bitter.

"Ik ben het spuugzat," klaagt Fien. "Niemand weet meer dat heksen toverdrankjes brouwen, dat ze sprekende dieren pesten, feeëvlechten aan stoelen vastbinden en dat ze iedereen de stuipen op het lijf jagen! Oh, ik wil zo graag dat kinderen weten dat ik een boos wicht ben, zodat ze niet kunnen slapen en van akelige heksen dromen, bang zijn in het donker en..." Fien loopt rood aan van opwinding. Ze balt haar vingers tot knokige knuisten. Zo gaat het elke dag.

Wolf kent Fiens tekst uit zijn hoofd en doet spottend met zijn mond mee. Zilvervleugel rolt met zijn ogen.

"Elke dag hetzelfde liedje," moppert hij.

Fien gilt nog harder. Haar gezicht is nu helemaal paars.

"Het is al goed, Fien," zegt Rozebottel bezorgd als ze Fiens paarse gezicht ziet. "Wind je niet zo op. Straks blijf je erin."

"Mij een zorg," kras Fien en ze knijpt haar ogen bijna dicht. "Weet je wat het is?" gilt ze, "jij wilt dat allemaal niet horen omdat een heks nu eenmaal boeiender is dan een tuttige fee."

Rozebottel springt op. Haar breinaalden vallen op de grond. "Kop dicht!"

"Dat is ook geen feeëntaal," mompelt Vos geschrokken terwijl hij de boze Rozebottel aangaapt.

Rozebottel raapt nijdig haar breiwerk op. Ze kijkt beteuterd naar de sok waar nu een gat in zit.

"Nu heb ik nog een steek laten vallen ook!" zeurt ze.

"Stil," roept Wolf. "Ik hoor wat!"

Ze houden allemaal hun adem in.

"Goed nieuws! Goed nieuws!" klinkt het door het bos.

"Wie kan die grappenmaker zijn?" bromt Wolf.

Rozebottel herkent meteen de stem. "Het is Loek," zegt ze.

Hijgend van het lopen en zingen komt Loek achter een boom vandaan.

Fien kijkt hem argwanend aan. "Waarom ben jij zo vrolijk? De korte-benen-prijs gewonnen?"

Fiens venijnigheid kan Loek niet schelen.

"Ik heb goed nieuws!" roept hij met een gezicht als een verjaardagstaart.

Vos legt nieuwsgierig de kaarten neer.

"Wat voor goed nieuws? Vertel op," snauwt Fien.

"Ik heb een schrijver gevonden."

"Een schrijver?" perst Rozebottel uit haar keel. "Meen je dat? Weet je dat zeker?"

Loek knikt heel heftig.

De dieren komen uitgelaten overeind en slaken vreugdekreten. Rozebottel straalt.

"Ik voel mijn knokkels en karbonkels al kriebelen," krijst Fien. "Heeeerlijk!" Ze pakt een bezem en vliegt een rondje. Goudvleugel en Zilvervleugel zitten samen op een dikke tak. Ze vallen elkaar om de hals. Tranen stromen over hun wangen. Eindelijk is aan alle ellende een einde gekomen. Er is een schrijver! Hij zal ervoor zorgen dat kinderen weer aan hen denken.

"Waar woont die schrijver? Wie is hij? Of is het een zij?"

Iedereen vuurt vragen af.

Loek strijkt apetrots zijn baard glad voor hij het grote nieuws vertelt. "Het is een hij. Een jonge hij. Hij is een jaar of negen."

Rozebottel kijkt Loek met grote ogen aan. Goudvleugel en Zilvervleugel pulken nerveus aan hun vleugels.

"Een jaar of negen?" roept Vos. Hij kijkt Loek

met boos knipperende ogen aan. Wolf lurkt nijdig aan zijn pijp en puft als een schoorsteen.

"Hoe oud?" krast Fien. Ze loopt dreigend naar Loek.

"Een... een jaar of negen. Het kan ook tien zijn," piept Loek nu bang.

"Je houdt ons voor de gek! Kinderen schrijven geen boeken!" brult Vos.

"Ik kook soep van je, kereltje!" gilt Fien. Ze haalt uit naar Loek.

Hij holt heel hard weg. Fien zet woest de achtervolging in. Loek rent zijn benen uit zijn lijf. Hij voelt hoe Fiens bezem rakelings langs hem vliegt. Dan struikelt hij over een boomwortel. Fien tilt haar bezem op. De twee tanden die ze nog in haar mond heeft zet ze op elkaar. Net voor ze in volle vaart tegen Loek aanvliegt, rukt Wolf de bezem uit Fiens handen.

"Niet doen, Fien!"

"Niet doen?!" gilt Fien. "Waarom niet? Wat bezielt je, Wolf? Dit scharminkel houdt ons voor de gek."

"Loek kan het niet helpen," zegt Wolf. "Het zijn harde tijden. Ook voor hem. Hij is misschien niet meer zo goed bij zijn hoofd. Wie weet gek geworden van verdriet. Daar heb ik wel eens iets over

gelezen," voegt hij er wijs aan toe.

"Arme Loek!" zucht Rozebottel.

Zilvervleugel schudt meewarig zijn hoofd. "Hij moet naar een kaboutertehuis."

Loek staat beverig op en klopt zijn kleren af. Zijn knieën knikken. "Naar een kaboutertehuis," sputtert hij. "Ik ben helemaal niet gek. Jullie laten me niet eens uitspreken."

"Laat hem zijn verhaal vertellen," zucht Rozebottel.

Fien loopt nijdig naar haar krukje. Ze wil niet

luisteren naar die halve gare. Ze stopt haar vingers in haar oren en begint als een kraai met keelpijn te krassen.

Loek kijkt een beetje boos in Fiens richting en gaat harder praten om boven de jengelende Fien uit te komen.

"Ik ken een kind dat dol is op sprookjes en prachtige verhalen verzint. Hij heeft een opstel geschreven: een sprookje. Het sprookje was zo mooi en spannend... over een leerling-tovenaar. Zijn juf las het voor in de klas. Alle kinderen luisterden met open mond. Ze waren geboeid en voor heel even waren sprookjesfiguren niet vergeten. Ik zat in de krijtbak en zag het. Toen dacht ik: niemand wil over ons schrijven. Kinderen kennen ons niet meer. Laten we het aan dat kind vragen. Hij heeft er verstand van. We hebben niets te verliezen."

Loek kijkt de anderen vragend aan en staat onzeker aan zijn bretels te frunniken. Er valt een stilte.

Wolf doet als eerste zijn mond open. Hij hoest uitgebreid en zegt dan: "Loek heeft gelijk. Eigenlijk hebben we niets te verliezen."

De elfen knikken.

"Waarom wagen we het er niet op?" roepen ze.

"Loek is nog zo gek niet," zegt Vos. "Ik vind het een goed plan."

"Ik vind het een prachtidee, Loek," glimlacht Rozebottel.

Loek strijkt apetrots over zijn baard.

Iedereen kijkt Fien aan. Ze zegt geen woord. Haar vingers zitten echter niet meer in haar oren.

"Kijk niet zo," kermt ze. "Mij goed, maar het blijft een scharminkel."

"Goed, ik ga het morgen aan de jongen vragen," zegt Loek opgetogen.

Een kabouter op Sanders hoofdkussen

Sanders linkerbeen bengelt uit de hangmat. Hij zit weer met zijn neus in een sprookjesboek. Net als de jager Sneeuwwitje in het bos achterlaat, schrikt hij zich rot. Er valt een buisje op zijn buik. Sander legt het sprookjesboek naast zich neer en pakt het zilveren kokertje. Hij bekijkt het hulsje aandachtig en kijkt dan omhoog. Hoe kan dat nu? Het kwam zomaar uit de lucht vallen. Sander kijkt naar de balken en naar het zolderraam met het wapperende plukje spinrag. Alles ziet er heel gewoon uit. Dan kijkt hij naar het kokertje in zijn hand.

Hé, wat is dat? Er zit een piepklein velletje in het buisje. Met zijn pink peutert Sander het velletje uit de huls. Hij vouwt het open.

Het briefje is zo groot als een postzegel. Sander knijpt zijn ogen tot spleetjes om beter te kunnen kijken, maar tevergeefs.

Op het velletje staat wat gekriebeld, maar zo klein dat hij het niet kan lezen. Hij wipt uit de hangmat en loopt naar zijn slaapkamer. Uit zijn nachtkastje pakt hij een vergrootglas. Hij gaat bij

het raam staan en houdt het vergrootglas boven
het briefje.

Dag,

Er is ellende alom.
Jij kunt ons helpen.
Als je echt van sprookjes houdt,
kom dan vannacht naar de zolder.
Hou het geheim.
We rekenen op je.

Loek

's Avonds krijgt Sander geen hap door zijn keel.

"Je eet als een mus," moppert papa. "En deze
groenteschotel is zo gezond. Voel je je wel lekker?"

"Gaat wel," antwoordt Sander. Hij is van de kook
door het briefje. Hij wurmt met moeite een spruitje
naar binnen. Na het spruitje stuurt mama hem naar
de badkamer om zijn tanden te poetsen. Alsof dat
spruitje zijn gebit zal bederven.

Tijdens het poetsen denkt Sander diep na. De
zolder is een heerlijke plek, en ja, hij houdt heel
erg van sprookjes. Maar 's nachts op zolder... Hij
is nog nooit zo laat op zolder geweest. Hij vindt
het maar griezelig. En wie is die Loek? Mama zegt
dat hij nooit met vreemden moet omgaan, omdat
dat wel eens heel gevaarlijk zou kunnen zijn. Ik ga

niet, besluit Sander. Je weet maar nooit.

Na het bad trekt hij zijn pyjama aan. Hij leest zich met een stripboek in slaap. Hij heeft een vreemde droom en woelt...

"Psst!" klinkt het in zijn oor.

Sander schrikt wakker en veert overeind. Zei daar iemand psst? Hij luistert gespannen. Hij hoort alleen het tikken van de wekker. Ik zal wel gedroomd hebben, denkt Sander. Hij stopt zijn armen onder zijn hoofdkussen en ploft weer neer. Zijn ogen zijn nog maar net dicht als hij weer psst hoort. Hij voelt zelfs een warme adem bij zijn oor.

Sander blijft versteend liggen, roerloos van angst. Zijn mond vult zich met speeksel en hij slikt. "Is... is hier iemand?" stamelt hij schor. Er komt bijna geen geluid uit zijn keel.

"Natuurlijk is hier iemand, suffie. Ik ben het, Loek."

"Loek?" Sanders stem beeft en zijn hart hamert in zijn keel. Hij heeft het gevoel dat hij met zijn ogen open een nachtmerrie heeft.

"Ja, Loek. Het briefje, weet je wel."

"Ik kan je niet zien," piept Sander. Hij krabbelt langzaam overeind en gaat beverig rechtop zitten. "Het is zo donker."

"Je bent toch niet bang voor mij, zeker? Ha, ha,

ik ben zo groot als een hamster."

"Zo groot als een hamster... dat kan niet," fluistert Sander.

"Wel als je een kabouter bent," gniffelt Loek.

Sander verslikt zich in het speeksel dat almaar zijn mond vult. Het is nog steeds pikdonker in zijn kamer en dat vindt hij echt akelig. Hij knijpt van pure spanning heel hard in zijn dekbed.

"Een kabouter?" zegt hij angstig.

"Ja."

"Die... Euh... Die bestaan toch niet?"

"Voor veel mensen niet, nee, want die zijn ons vergeten. Voor jou wel."

"Mag... Euh..." Sander vindt het doodeng om in

het pikdonker met iemand te praten die beweert dat hij een kabouter is.

"Mag ik mijn zaklantaarn pakken?"

"Natuurlijk, maar niet in mijn ogen schijnen met die lamp! Daar heb ik een hekel aan."

"Goed."

Met trillende vingers zoekt Sander in de la van zijn nachtkastje. Hij pakt zijn zaklantaarn en knipt zenuwachtig het licht aan. Hij laat de lichtstraal over zijn bed dwalen. Niets. Helemaal niets.

"Joehoe, hier moet je zijn." Loek zwaait wild met zijn armen. "Ik zit op je hoofdkussen."

De lichtstraal vindt de kabouter.

Loek slaat zijn handen voor zijn ogen tegen het felle licht.

"Sorry," mompelt Sander. Hij richt de lamp wat lager. Hij ziet een knalrood jasje waarop een baardje rust dat zo groot is als het kwastje van een penseel. Verder draagt de kabouter een groen broekje met bretels, streepjeskousen en slofjes met lange punten. Sander slikt. Dit is een echte kabouter, geen twijfel mogelijk. En die zit daar zomaar op zijn kussen.

"Je zegt niets," bromt Loek.

Geen wonder, denkt Sander. Je zou voor minder je mond houden. Er zit niet elke dag een kabouter

47

op mijn hoofdkussen.

"Wat wil je eigenlijk?" vraagt Sander als hij over de eerste schrik heen is.

Loek valt meteen met de deur in huis. "We hebben je hulp nodig, Sander."

"Hulp? En wie zijn we?"

"Fien, Rozebottel, Goudvleugel..."

"Fien, Rozebottel, Goudvleugel? Wie... wie zijn dat?"

"Luister. In mijn land is er ellende alom: verdrietige kabouters en feeën, heksen met toverdrankjes en streken die niemand nog kent, elfen die zich stierlijk vervelen..."

Door Sanders hoofd spoken een hoop vragen. Feeën, heksen, elfen... Bestaan die dan ook? En wat willen ze van hem? Maar hij krijgt de kans niet om een vraag te stellen want Loek is niet op zijn mondje gevallen en ratelt aan een stuk door.

"Geen enkele schrijver wil nog een verhaal over ons schrijven. Kinderen weten niet meer wie we zijn. Van de Gelaarsde Kat hebben ze nog nooit gehoord. Hansje en Grietje kennen ze niet."

Ik wel, wil Sander zeggen. Maar opnieuw krijgt hij de kans niet want Loek raast maar door.

"Jij wel," zegt Loek nu zelf. "Je schrijft ook prachtig. Ik hoorde je opstel. De hele klas luisterde gespannen. Kinderen houden dus nog wel van sprookjes, dat is duidelijk. Alleen krijgen ze de kans niet om ons te leren kennen. Geen schrijver verspilt nog een woord aan ons."

"Jij was in de klas?"

"Ja, in de krijtbak!" giert Loek. "Stoffige toestand, hoor!"

"In de krijtbak?" Sander valt van de ene verbazing in de andere.

"Jij moet een verhaal over ons schrijven! Dan leest de juf het verhaal voor. Je klasgenoten vertellen je verhaal aan andere kinderen. En zo gaan de kinderen weer aan ons denken. Ze zullen weer zeuren om een verhaaltje voor het slapengaan," gaat hij verder. "Dat vinden we heerlijk! Dat is voor ons het einde."

Dan kijkt hij heel triest en voegt er met een klaagstem aan toe: "Nu denkt niemand aan ons en dat is vreselijk."

Sander kijkt bedenkelijk. Wat haalt die kabouter zich nu in zijn hoofd? "Ho, ho, Loek... Ik ben geen schrijver..." zegt Sander verwijtend.

"Dat weet ik ook, maar je hebt het in je vingers. Ik bedoel in je pen. Laat ons niet stikken. Je bent onze laatste hoop. Toe, Sander!"

Loek valt op zijn knieën neer. De smekende

kabouter is aandoenlijk. Sander heeft medelijden met hem. "Oké," murmelt hij.

Loek springt op en maakt een paar salto's op Sanders hoofdkussen. "Hiep, hiep, hoi," gilt de kabouter uit volle borst.

"Niet zo hard. Je maakt mijn ouders wakker," sist Sander.

"Ik ben ook zo blij," roept Loek. "Ik breng je gauw een lijst met onze namen. Dan weet je wie in het verhaal moet... Dan zullen de kinderen weer weten wie we zijn. Hiep, hiep, hoi!"

En weg is de kabouter. Zomaar in het niets verdwenen. Sander zit nog steeds met de zaklamp in zijn hand, als het licht aanfloept. Papa staat met kleine oogjes in de deuropening.

"'Hiep, hiep, hoi' midden in de nacht? Wat bezielt je?" bromt hij slaperig.

"Er... Ik..." murmelt Sander. Hij kan moeilijk zeggen dat er net een kabouter op zijn hoofdkussen zat die uit zijn bol ging.

"Kruip maar vlug onder de wol, Sander!"

Sander legt braaf zijn zaklantaarn in zijn nachtkastje en kruipt weer onder zijn dekbed.

Papa doet het licht uit en sluit de deur. Hij schudt zijn hoofd. "Hiep, hiep, hoi!" mompelt hij als hij zich tussen de lakens laat glijden.

Sprookjesmuzen op bezoek

Mama schuift de gordijnen open en stuift dan weer Sanders slaapkamer uit. "Uit je bed, slaapkop."

Sander knippert met zijn ogen en krabt slaperig in zijn haren. Hij gaat rechtop zitten. Dan herinnert hij zich het bezoek van vannacht: Loek, de kabouter, die hem vroeg om een verhaal te schrijven. Heeft hij gedroomd? Natuurlijk heeft hij gedroomd. Hij gaat op de rand van zijn bed zitten en schuift zijn voeten in zijn pantoffels. Bij zijn grote teen voelt hij wat. Er zit een papiertje in zijn pantoffel. Hij peutert het papiertje uit de pantoffelneus en vouwt het open.

Het papiertje staat volgekrabbeld. Alles is opnieuw onleesbaar klein.

Sander pakt vlug zijn vergrootglas.

Lieve Sander,

Ziehier de lijst met namen:

Rozebottel (mooie fee)
Fien (boze heks)
Goudvleugel en Zilvervleugel (elfen)

Sprekende dieren (vos, wolf, konijn en das)
Vier kabouters, waaronder ik (Geef mij maar de grootste rol!)
En dan heb je ook nog de anderen:
    Roodkapje, Doornroosje, de Gelaarsde Kat, enz.
    (Die ken je wel van je sprookjesboeken.)
SUCCES! We duimen voor je!

Groeten, Loek

Geen droom dus.

Mama's hoofd verschijnt in de deuropening. "Sander, opschieten! Straks kom je nog te laat op school."

Haastig moffelt Sander het briefje weg.

Bij het ontbijt gooit Sander zijn beker om. Als hij naar buiten loopt struikelt hij over de deurmat. Ook in de klas is hij er niet bij met zijn hoofd. Tijdens het lezen hapert hij in elke zin. In de rekenles vermenigvuldigt hij twee getallen in plaats van ze te delen. Zijn gedachten dwalen almaar af naar Loek. Hij is blij als de bel gaat, zodat hij naar huis kan.

"Wat had jij vandaag?" vraagt Linde. "De verstrooidheids-griep?"

"Ja, zoiets," lacht Sander. "Maar nu moet ik ervandoor. Ik heb geen tijd om te praten."

Linde ziet hoe Sander snel wegloopt.

Geen tijd om te praten? Na school kletsen ze altijd voluit. Sander is niet in zijn gewone doen. En wie niet in zijn gewone doen is, voert wat in zijn schild. Linde wil weten wat Sander van plan is. Morgen vraag ik wat er is, denkt ze.

Als Sander thuiskomt, rent hij meteen naar zijn kamer. Hij gaat aan zijn schrijftafel zitten en denkt diep na. Dan schrijft hij een paar zinnen. Hij leest de zinnen hardop. Flauw begin, vindt Sander. Hij verfrommelt het vel en mikt het in de papiermand. Na een uur is de papiermand nokvol proppen papier.

Mama en papa liggen al onder de wol als Sander stiekem uit zijn bed glipt. Hij gaat weer aan zijn schrijftafel zitten. Hij zoekt zich suf naar een verhaal. Tevergeefs, het verhaal wil niet komen. Sanders ogen prikken van vermoeidheid. Hij bijt ontgoocheld een velletje van zijn lip. Hij had Loek en de andere sprookjesfiguren van harte een verhaal gegund, maar het lukt niet.

"Schrijvertje van niets," zegt hij tegen zichzelf. "Je kunt alleen maar stomme schoolopstellen schrijven!"

Als hij beteuterd naar zijn bed loopt, hoort hij gegiechel. Hij draait zich verschrikt om. Op zijn bureau zitten twee... Potjandorie, wat zijn dat nu weer? Ze dragen geen puntmuts en slofjes met krulneuzen, maar ze zijn wel even groot als een kabouter. Of liever even klein, die twee oude dametjes. In hun gezichtjes zijn heel veel rimpels, net als in stoofpeertjes. Ze hebben ook gebogen ruggen. Het zijn een soort mini-oma's.

De ene is dun en leunt op een paraplu. De andere is mollig en houdt haar hand op haar heup.

"Ik heb weer last van jicht," kreunt ze.

De dametjes zijn in het zwart gekleed en ze hebben allebei een hoed op. Het dunne vrouwtje heeft een flaphoed met een netje voor haar ogen en het andere dametje draagt een hoed met roosjes op de rand. De magere heeft ook een brilletje op. De glazen zijn net zo groot als de knopen van een overhemd.

"Hoi, Sander!" Ze zwaaien naar hem.

"Hoi," mompelt Sander stomverbaasd. "Wie... euh... wie zijn jullie?"

De vrouwtjes stoten elkaar aan. "We komen je helpen," giechelt de dunne.

"We zijn sprookjesmuzen," gniffelt de andere.

"Sprookjesmuzen?"

"Sprookjesmuzen zijn wezens die schrijvers inspireren om sprookjes te schrijven."

En die moeilijke woorden gebruiken, denkt Sander. Transpireren is zweten. Dat staat op het flesje waar mama haar oksels mee insmeert. Maar inspireren?

"Ik weet niet wat inspireren is," bekent Sander.

"Je bent ook nog zo jong," glimlacht de dikke muze. "Inspireren is ideeën inblazen."

"Met andere woorden: we komen je helpen met je verhaal," glimlacht de dunne vriendelijk, terwijl ze haar brilleglaasjes schoonmaakt met de zoom van haar jurk.

"We hebben al zo lang stilgezeten," lacht de dikke. "Het is fijn dat we na al die jaren weer eens iemand mogen inspireren om een sprookje te schrijven. Hi, hi, zalig is dat."

Sander kijkt van het ene vrouwtje naar het andere. De dikke muze zwaait met haar paraplu alsof ze een dirigent is, een mini-dirigent. En de dunne begint te ijsberen van de pennen naar de schemerlamp en terug. Ze wenkt hem.

"Waar wacht je op, Sander. Kom maar vlug aan je schrijftafel zitten. Pak papier en doe een nieuwe vulling in je pen," gillen de muzen in koor.

Het is nacht, denkt Sander. Ik val om van de slaap. Morgen moet ik naar school. Toch gaat hij

braaf aan zijn schrijftafel zitten.

De dunne sprookjesmuze legt haar paraplu neer en nestelt zich in het pennebakje. De dikke trekt een pijnlijk gezicht en gaat moeizaam op een vlakgom zitten.

Sander zit gebogen over een stapeltje papier en denkt aan de sprookjesfiguren op Loeks lijstje. Dan kijkt hij de twee sprookjesmuzen ontgoocheld aan. "Het lukt toch niet," zucht hij, "ik ben veel te moe."

De twee muzen glimlachen alleen maar.

"Je mag de kracht van de muze niet onderschatten," fluistert de dikke muze terwijl ze moeizaam overeind komt en heel zachtjes met haar kleine hand over Sanders pen strijkt.

"Vooruit, Sander," moedigt de dunne muze hem aan en ze blaast een zoete bloemengeur in Sanders richting. "We weten dat je een échte sprookjesschrijver bent, Sander. Vooruit..."

Alles lijkt opeens te vervagen. Sander voelt zich heel licht worden. In de verte hoort hij nog de zachte stem van de dunne muze.

En dan beginnen de ideeën te komen. Ze zweven in Sanders hoofd en storten neer op het witte papier als regendruppels in een lentebui. Sanders hand kan ze met moeite bijhouden. Hij schrijft een stapel vellen vol.

Zijn oogleden voelen als lood aan en zijn vingers als versleten elastiekjes als het sprookje eindelijk af is.

Doodmoe strompelt hij naar zijn bed. Hij merkt niet eens dat de twee muzen zijn werk goedkeurend bekijken en dan met een tevreden glimlach in het niets verdwijnen. Sander ligt uitgeteld onder de wol.

De muzen zijn pas vijf minuten weg als mama roept dat Sander op moet staan. Sander voelt zich allesbehalve fit. Uitgeteld sleept hij zich naar de badkamer om zijn tanden te poetsen.

Eeuwig lachen

Sanders hoofd leunt op zijn handen. De woorden op het bord wiebelen en vloeien in elkaar over. Hij kan zijn ogen met moeite openhouden.

Juf Ans' stem ebt weg, net als het geluid van een trein die in de verte verdwijnt. Sander hoort het kabbelen van een beekje. Op het water dobbert een papieren boot. In de boot zit Loek. Hij zwaait naar Sander en steekt zijn duim op. "Sander! De muzen hebben ons je sprookje verteld," roept hij blij. "Prima verhaal, Sander!"

Loeks boot wordt gevolgd door een heleboel boten met juichende sprookjesfiguren. "Sander, Sander, Sander," joelen ze.

"Sander! Wakker worden!" Juf Ans trekt aan Sanders mouw.

Sander knippert met zijn ogen. Juf Ans kijkt hem bezorgd aan en legt haar hand op Sanders voorhoofd. De hand voelt ijskoud aan.

"Zomaar in slaap gevallen," mompelt ze. "En je hoofd voelt heel warm aan. Ik ben bang dat je koorts hebt. Ik breng je in de speeltijd naar huis."

Linde kijkt vol medelijden naar Sander. Nu snapt ze waarom hij gisteren meteen naar huis wilde. Hij voelde zich waarschijnlijk toen ook al niet lekker.

In de speeltijd stopt Linde Sanders spullen in zijn boekentas.

"Heb je pijn?" vraagt ze.

"Nee, ik ben eigenlijk niet ziek," vertrouwt Sander haar toe. "Ik ben alleen maar doodmoe. Ik heb de hele nacht niet geslapen."

Linde kijkt Sander verbaasd aan. "De hele nacht niet geslapen?"

Sander kijkt om zich heen, gaat voor Linde staan en legt zijn wijsvinger op zijn mond. "Ik heb een geheim," fluistert hij.

Linde kijkt Sander vragend aan en bijt nieuwsgierig op haar lip. "Ik dacht dat wij geen geheimen hadden," mompelt ze een beetje ontgoocheld.

"Die hebben we ook niet," lacht Sander.

Juf Ans heeft ondertussen haar jas aangetrokken en staat in de deuropening. "Kom, zieke vogel, we gaan."

Linde geeft Sander zijn boekentas. "Vanavond bel ik," fluistert ze.

Sander knikt en loopt dan met juf Ans mee.

Als Sander thuiskomt, geeft mama hem een aspirientje en stopt hem in bed.

"Slaap maar lekker," zegt ze, terwijl ze door Sanders haar strijkt. "Daar knap je van op."

En dat doet Sander. Hij valt als een blok in slaap. Hij hoort niet dat Linde belt en ook niet dat mama, voor ze naar bed gaat, zegt: "Sander slaapt de klok rond."

Het is midden in de nacht als Sander wakker wordt. Loek ligt met gekruiste armen naast Sander. Hij springt meteen overeind als Sander beweegt.

"Sander, sprookjesland is door het dolle heen. Schitterend gedaan, joh! Trek maar vlug kleren aan. Je moet meekomen. De anderen popelen om je te bedanken."

"Meekomen?"

Overdonderd strompelt Sander uit zijn bed. Hij doet het licht aan en trekt wankelend zijn spijkerbroek en trui aan.

Loek kijkt hem glunderend aan. Als Sander zijn gymschoenen half aan heeft staat Loek al te springen.

"Ogen dicht," gebiedt hij. "Je mag ze pas opendoen als ik het zeg."

Sander sluit zijn ogen. Hij duizelt. Hij krijgt het gevoel dat zijn voeten de grond loslaten en dat hij zweeft. Het is spannend en akelig tegelijk. Hij knijpt zijn ogen potdicht. Dan voelen zijn voeten weer grond. Met een lichte schok komt hij neer. Takjes kraken onder zijn voeten en een lucht van natte bladeren en aarde prikkelt zijn neus.

"Ogen open!" roept Loek. "Welkom in sprookjesland."

Er barst gejuich en applaus los.

"Lang leve Sander!"

Sander staat op een open plek in een bos. Om hem heen staan... Zo'n kleurrijke stoet heeft Sander nog nooit gezien. Hij komt ogen te kort: een dansende fee in een roze jurk. Ze lacht haar tanden bloot en zwaait met een toverstokje waaruit sterretjes vallen. Dat moet Rozebottel zijn, denkt Sander vlug. Hij ziet een vliegende heks met een raaf op haar schouder en een kanjer van een pukkel op haar neus. Er zijn zingende dieren die met vlaggetjes zwaaien, een meisje met een rood kapmanteltje en een mandje aan haar arm...

Sander kan zijn ogen niet geloven. In de bomen hangen lampionnen. De open plek is verlicht. Overal staan fakkels gepoot en er is een spandoek. 'Lang leve Sander!' staat er in koeieletters. De feestende sprookjesfiguren vormen een kring rond Sander. Ze draaien heel vlug om hem heen. Sander wordt er een beetje zeeziek van. En dan klinkt er opeens een enorme donderslag. De sprookjesfiguren stuiven verschrikt uit elkaar. Ze duiken achter een boom of rennen heel hard weg.

"Malum!" gonst het door het bos.

Sander staat aan de grond genageld. Van pure angst kan hij geen voet verzetten. Voor hem staat een tovenaar met een gitzwarte baard en een paarse mantel. Op de mantel staan zilveren sterren. Onder een grote hoed schieten zijn donkere ogen vuur.

"Zo, mensenkind, ik kom niet voor in je verhaal! Je hebt mij geen rol gegeven! Malum, de machtigste tovenaar van sprookjesland laat jij zomaar in

de kou staan! Dat neem ik niet. Hoor je me, galge-
brok! Dit gaat te ver! Ik zal je vervloeken. Ik zal je
betoveren tot je zwart ziet van ellende, snotaap.
Mijn vloek zal wel grappig zijn," grijnst de tovenaar. Zijn tanden blikkeren griezelig als hij praat.

Sander is doodsbang. Hij kan geen voet verzetten, laat staan een woord uitbrengen.

"Jij zult op ongepaste momenten lachen, gieren,
schateren," buldert de tovenaar. "Vaarwel, schrijvertje."

En met een oorverdovende knal en in een enorme paarse rookwolk is de woeste tovenaar verdwenen.

Sander beeft over zijn hele lichaam. Tranen stromen over zijn wangen. Van de paarse rook, maar
vooral van de schrik.

"Ik wil naar huis," huilt hij.

De sprookjesfiguren schuifelen voorzichtig
dichterbij. Hun held staat daar als een hoopje ellende te snikken. Loek gaat bij Sander staan. Hij
klautert langs zijn broek omhoog en gaat op zijn
arm zitten.

"Niet huilen," murmelt hij en dan barst de kabouter ook in tranen uit.

"Het is allemaal mijn schuld," snikt hij. "Ik ben
vergeten om Malum op de lijst te zetten."

"Ik wil naar huis! Nu meteen!" huilt Sander.

"Sluit je ogen maar," zegt Loek. "Je bent zo thuis."

De sprookjesfiguren zwaaien hun schrijver met begrafenisgezichten uit.

Gieren, lachen, bulderen, schateren...

"Ik heb slecht nieuws," vertelt juf Ans ernstig. "De directeur heeft een ongeluk gehad. Hij heeft een been en een arm gebroken."

"Een been en een arm gebroken," proest Sander. "Echt waar?" Hij krijgt een krullip en barst in schaterlachen uit.

Juf Ans kijkt Sander met boze ogen aan. Haar gezicht loopt vuurrood aan. "Zo is het wel genoeg," gilt ze. "Naar de gang. Dat lachen hangt me de keel uit. Wat is dat toch met jou? Ik herken je niet meer."

Met buikkrampen van het lachen loopt Sander de klas uit. Linde kijkt hem verdrietig na en schudt teleurgesteld haar hoofd. Dat Sander zo'n pestjong is geworden! Ze wil niets meer met hem te maken hebben. Hij lacht haar voortdurend uit.

Sander zit achter zijn schrijftafel. Ik mag niet lachen in de klas, schrijft hij voor de vijfentwintigste keer. Na de les probeerde hij juf Ans uit te leggen wat er aan de hand is. Het was een echte ramp. Bij elke zin stikte hij van het lachen. Juf Ans werd er alleen maar bozer van. En nu moet hij weer straf-regels schrijven. Sinds die vloek heeft Sander ru-zie met de hele wereld. Mama is razend op hem. Hij schaterde het uit toen een oude mevrouw een vals gebit paste. En toen papa's baas belde, kreeg Sander ook al de slappe lach. Papa kreeg een uit-brander. Zijn baas zei dat hij zijn kind wel beter mocht opvoeden.

Ook de kinderen van zijn klas hebben nu een gloeiende hekel aan Sander. Hoe kan het ook an-ders? Als er iets verkeerd gaat, lacht Sander zich krom. En het allerergste is dat ook Linde boos op hem is. Linde, die hij zo lief vindt. Zijn allerbeste vriendin. En hij kan het haar niet kwalijk nemen. Je zou om minder boos zijn. Linde had een hele week aan een vliegtuig gewerkt. Het was een prachtige machine. Met een schroefje kon je het vliegtuigje aanzwengelen. Linde wilde Sander la-ten zien hoe het werkte, maar Flop, haar hond, sprong tegen haar aan. Het vliegtuigje viel uit haar handen en Flop pakte het in zijn bek en dolde er mee rond. Sander kwam niet meer bij toen hij de kapotte hoop zag. "En ik dacht nog wel dat je mijn vriendje was," riep Linde verdrietig. Sander wilde haar troosten. In plaats daarvan gierde hij aan een

stuk door tot Linde huilend wegliep en niet meer
uit haar kamer wilde komen. Lindes ouders keken
hem boos aan. Toen ging hij maar naar huis.

Die avond probeerde hij papa uit te leggen dat
het door een vloek kwam.

"Wat een onzin!" riep papa nijdig. "Vloek,
vloek... Ik geef je een pak voor je broek! Met jou
valt geen land meer te bezeilen."

En toen hij weer in de lach schoot, wilde papa
meteen de daad bij het woord voegen. Hij zag wit
van woede.

Loek gluurt achter het gordijn vandaan. Hij ziet
hoe Sander piekerend naar zijn strafwerk staart.

"Psst, is de kust vrij?"

"Ja, de kust is vrij," antwoordt Sander bits.

"Alles kits?"

"Alles kits! Dat is zeker een grapje? Alles gaat schitterend."

Loek kijkt hem vol medelijden aan en speelt verveeld met de punten van zijn slofjes.

"Zo gaat het niet verder," bromt Sander. "Iedereen haat me: mijn ouders, mijn grootouders, juf Ans... Linde... Geen wonder. Ik lach me te pletter om de grootste ellende."

"Heel vervelend," murmelt Loek. "Maar misschien kun je van dat lachen afkomen..."

Sander kijkt Loek met grote ogen aan. "Hoe bedoel je?"

"Fien zegt dat elke vloek ongedaan gemaakt kan worden."

Sander springt op.

"Waar wacht Fien dan op?" roept hij boos. "Die heks is niet goed snik. Denkt ze misschien dat ik het leuk vind..."

Loek houdt zijn wijsvinger voor zijn mond. "Natuurlijk weet Fien dat die vloek verschrikkelijk is. Luister."

Sander gaat zuchtend op zijn bed zitten.

Loek pulkt onzeker aan de sluitingen van zijn bretels. "Fiens toverboek is maar een dun ding. Er staat niets in tegen lachen. Ze heeft haar boek helemaal uitgeplozen. Maar in Malums toverboek staat de oplossing zeker."

Ongeduldig roffelt Sander met zijn vingers op zijn nachtkastje. "Waar wacht je op? Breng dat boek onmiddellijk hierheen of ik word nog het huis uitgezet."

"Was het maar zo eenvoudig, Sander... Malums toverboek ligt in de kelder van zijn slot. Het slot wordt bewaakt door draken en cyclopen."

Sander weet wat draken zijn, maar...

"Door draken en wat? Cyclo...?"

"Ja, cyclopen. Dat zijn reuzen met één oog in hun voorhoofd. Ze eten mensenvlees. Hun kinderen spelen voetbal met de schedels en met de vingerkootjes bikkelen ze."

"Wat zeg je?" Met vingerkootjes bikkelen en met schedels voetballen? Sanders ogen tuimelen bijna uit zijn hoofd. "Mij niet gezien in dat spookslot," huivert hij.

"Daar kunnen we het toverboek vinden. Daar alleen. Een tweede boek bestaat er niet," zucht Loek.

"Ze kunnen met het hoofd van iemand anders voetballen," foetert Sander. "Ik laat me niet opeten..."

"Dan zul je eeuwig lachen," zucht Loek bitter.

"Dat wil ik ook niet... Dat wil ik zeker niet," roept Sander driftig.

"Dan moeten we dat boek zien te bemachtigen," besluit Loek. "En trouwens, wie zegt dat die cyclopen ons vinden? We kunnen ons verstoppen en ongezien het slot binnendringen en dat boek inkijken."

"Denk je?"

Loek haalt zijn schouders op. "Ik weet het niet, maar we kunnen het proberen." Hij klimt langs Sanders broek tot op zijn knie. Hij gaat op zijn tenen staan en steekt een handje uit. "Ik ga met je mee. Het is trouwens mijn schuld dat..."

Sander legt zijn wijsvinger in de kabouterhand en glimlacht. "Goed," antwoordt hij. "We gaan samen. Samen zijn we sterk."

"Wanneer?"

"Vannacht. Dan ben ik 's ochtends weer terug en dan merken mijn ouders niet dat ik weg ben." Ze zouden het toch niet geloven, denkt Sander. Hij hoort het zichzelf al zeggen: mama en papa, ik ga even met Loek de kabouter naar Malum. Ik wil in een boek kijken om van dat lachen af te komen. Nee, ze zouden hem voor een grote leugenaar verslijten. Toch schrijf ik een brief, denkt Sander. Die leg ik onder mijn hoofdkussen. Je weet nooit of ik wel op tijd terug ben.

"Vind je dat niet vreemd, Loek?" zegt Sander dan. "Ik heb nog niet gelachen sinds je hier bent. Zou de vloek misschien voorbij zijn?"

Loek haalt zijn schouders op. "Geen idee." Hij laat zich langs Sanders been naar beneden glijden. Hij verliest zijn evenwicht en knalt tegen een poot van het bed aan. De kabouter krimpt in elkaar van de pijn. Sander ziet Loeks verkrampte gezicht en schiet in de lach. Een onbedaarlijke schaterlach.

Kabouters met mayonaise

Het is vier uur in de morgen. Malum slaat met zijn vuist op tafel.

"Waar blijft mijn ontbijt?" buldert hij.

De raaf komt met een dienblad aanrennen.

"Jij verdraaide raaf, je bent dertig seconden te laat."

"Excuses, meester." De raaf kleppert angstig met zijn snavel.

Malum wijst naar het dienblad. "Wat stelt dit voor, trage schijter?"

"Uw favoriete ontbijt, meester. Een zachtgekookt slangeëitje, een stoofpot van wormen..."

"Gekruid met gemalen motten?"

"Ja, meester. En gebakken in vliegepoepjes..."

"Goed, goed... Weg, vieze vogel."

Malum tikt met een lepel tegen het eitje. Hij neemt een hap van de stoofpot.

De raaf klopt voorzichtig aan en komt geruisloos Malums kamer weer binnen.

"Het spijt me dat ik u stoor, meester. De draken melden twee indringers."

"Indringers?" Malum laat zijn lepel in de stoofpot zakken. Hij loopt naar een tafel waar een hoop flessen en potten op staan. Ze zijn gevuld met groene, rode en gele drankjes. Een van de flessen borrelt. Uit een pot komen blauwe wolken. Op de tafel staat ook een glazen bol. Malum kijkt geamuseerd in de bol.

"Nee maar, daar heb je onze schrijver. En naast hem sluipt Loek, die rotkabouter," murmelt hij.

Malum komt wat dichter naar de glazen bol toe. "Rotschrijvertje, snertkabouter," mompelt hij gemeen en hij wrijft zich in zijn handen. Ik laat ze nog even kruipen, denkt hij. Ik geniet nog van mijn

ontbijt en dan... Dan stel ik die twee aan de familie Cruel voor. Eens zien wat die twee van mijn cyclopen vinden.

Malum gaat vlug aan tafel zitten. Zijn slangeëitje smaakt nog beter. Hij veegt zijn mond af aan het tafelkleed, laat een boer en roept dan de raaf.

"Laat de familie Cruel bij me komen," beveelt hij.

"Goed, meester." De raaf maakt een buiging en verdwijnt.

Even later marcheren vier cyclopen Malums werkkamer binnen. Ze brullen in koor:

Wij zijn cyclopen.
Wij bijten mensenbuiken open.
Wij vissen er het lekkers uit.
Wij peuzelen smakkend aan een kuit.
Wij maken kauwgom van hun tenen.
Wij spelen hockey met hun benen.

Alleen de laatste cycloop zingt niet mee. Er bengelt een draaiorgeltje op zijn buik en hij danst. Na het lied gaan de cyclopen keurig in een rij staan. De cycloop met het orgel zwengelt maar door en maakt gekke bokkesprongen op de maat van de muziek.

Een grotere cycloop geeft hem een oorveeg. "Schei uit met dat onnozele gedoe. Mijn excuses, meester. Onze zoon is weer lastig."

Malum staat op. "Weigert hij nog steeds om mensenvlees te eten?"

"Ja, meester. Hij eet alleen granen, groente en fruit en gruwelt van mensenvlees." Moeder Cruel schudt treurig haar hoofd. Haar zoon kijkt verveeld voor zich uit.

"Zelfs een heerlijk koteletje lust hij niet. Ik snap er niets van. Wat gaat er nu boven een mensen-koteletje? En voor zijn verjaardag had ik een mooie rugzak van mensenhuid gemaakt. Hij wilde de rugzak niet, de slappeling. Het zal je maar over-komen, zo'n kind," klaagt ze.

"Zo, zo, zo," sist Malum nijdig.

"En... er is nog meer, meester," bekent moeder cycloop beschaamd. "Hij is dol op lezen."

"Wat?" buldert Malum. "Dol op lezen? En hij eet ook geen mensenvlees? Bij alle duivels en slan-gen, ik hou niet van buitenbeentjes. Een cycloop eet mensenvlees en lezen kan hij niet, wil hij niet en vindt hij onzin. Basta!"

Malums zwarte ogen worden nog donkerder. Hij gaat dreigend voor de jonge cycloop staan.

De jonge cycloop deinst achteruit. Hij voelt zich

niet op zijn gemak als hij die bliksemende ogen ziet.

"Luister eens goed hier, kerel, je kunt misschien je ouders in de maling nemen, maar mij niet. Snap je? Jij gaat mensenvlees eten, hoor je me! Mensenvlees!" schreeuwt Malum oorverdovend.

De jonge cycloop knikt heel bang.

"Als je het niet doet, dan maak ik je ouders koud! Dood! Kop eraf!"

Ma en pa Cruel duiken in elkaar. Ze knipperen verbijsterd met hun oog.

"Dat wil je toch niet, je ouders dood?"

De jonge cycloop vindt mensenvlees walgelijk. Maar zijn ouders dood... Nee, dat wil hij zeker niet. Hij houdt van zijn ouders.

"Eet je mensenvlees of niet?" schreeuwt Malum.

"Goed, meester," murmelt de jonge cycloop. "Ik zal het proberen."

"Proberen, proberen," buldert Malum. "Niks te proberen. Opeten moet je ze! Van top tot teen! Met huid en haar! En je hoeft niet lang te wachten. Kom over een half uur maar naar mijn werkkamer. Dan heb ik een mals kind voor je klaarstaan!"

Moeder Cruel likt haar lippen. Vader en zus Cruel kijken verlangend. Een mals kind, dat lusten ze wel.

"Oh ja," voegt Malum er aan toe, "houden jullie ook van kaboutervlees?"

De reuzen knorren begerig.

"Mooi," grijnst hij. "En nu mijn kamer uit. Weg, weg, hup, hup. Bereiden jullie je maar voor op een grote smulpartij."

De cyclopen lopen luid zingend Malums kamer uit. Ook de jonge cycloop zingt uit volle borst mee.

Wij zijn cyclopen.
Wij bijten mensenbuiken open.
Wij vissen er het lekkers uit.
Wij peuzelen smakkend aan een kuit.
Wij maken kauwgom van hun tenen.
Wij spelen hockey met hun benen.
Wij dansen dan een polonaise.
Wij eten kabouters met mayonaise.

Malum gaat boven de glazen bol staan. In de bol ziet hij Loek. Er loopt een straaltje bloed uit zijn neus. Die rotkabouter is zeker ergens tegenaan gelopen. En Sander? Die staat te gieren.

Malum begint bulderend te lachen. "Heerlijk die vloek," snikt hij. "Oh, wat ben ik toch een originele vent!" Hij pinkt een lachtraan weg.

"Raaf! Raaf! Kom hier!"

De raaf komt haastig aangevlogen.

"Laat de grootste draak die twee hierheen brengen."

"Goed, meester."

Hongerige cyclopen

Vijf minuten later staan Loek en Sander in Malums kamer. Ze beven als twee rietjes.

"Heeft de draak indruk op jullie gemaakt?" hoont Malum.

Loek en Sander kunnen van pure angst niet meer praten. Sanders hart bonst als een hamer in zijn keel. Hij had nog nooit een draak gezien. Nu wel. En wat voor een. De draak was wel tien keer groter dan hij. Over zijn hele lijf had hij schubben en hij had uitpuilende ogen. Met zijn stinkende slijmneus duwde hij Sander voor zich uit in de richting van het kasteel. Loek zat op Sanders arm te gillen. Eén keer probeerde Sander te ontsnappen, maar de draak sloeg zijn poot om Sanders buik. De schubben prikten in zijn buik en de scherpe nagels priemden door zijn trui. Hij kon onmogelijk weg.

"Wat komen jullie hier doen?" brult Malum.

"Euh... euh... ik... wij..." Sander weet niet hoe hij moet beginnen.

"Wel... euh... ik..." Ook Loek komt niet uit zijn woorden.

"Komt er nog wat van?" tiert Malum. Hij loopt als een bezetene door zijn werkkamer. Zijn paarse mantel wappert achter hem aan en zwiert in het rond.

Sander kijkt zijn ogen uit naar de borrelende flessen en potten. Op een ijzeren steun in de vorm van een vleermuis ligt een enorm boek in een zwarte leren band. Zou dat het boek zijn?

"Wat zit je naar mijn toverboek te staren?" wil Malum weten.

Dat is dus het boek, denkt Sander.

"Euh... Ik wilde u vragen... Ik..."

"Wat?" brult Malum. "Wat kom je vragen..."

"Of u misschien... Of u alstublieft... die vloek ongedaan wilt maken?" Sander haalt adem en zucht opgelucht. Oef, hij heeft het gezegd. Gespannen kijkt hij de tovenaar aan. Malum krabt met een vingernagel in zijn gitzwarte baard. Sander rilt. De nagel is zo lang als een dolk.

"Of ik die vloek ongedaan wil maken?" mompelt Malum. Op zijn voorhoofd verschijnen diepe denkrimpels.

"Ja," antwoordt Sander vlug.

Malum kijkt boos op. "Ja, wie? Ik word met meester aangesproken."

"Ja, meester," zegt Sander onderdanig.

"Dat is al beter. Die vloek ongedaan maken?" mompelt Malum. Opnieuw komen er denkrimpels op zijn voorhoofd.

"Ik snap het al. Het is natuurlijk geen leven meer met dat gelach."

Sander schudt met zijn hoofd. "Nee, meester."

Loek voelt zich veel dapperder omdat Malum niet meer schreeuwt en een stuk vriendelijker kijkt.

"Meester," zegt Loek, "voor Sander is het vreselijk. Zijn ouders, de kinderen uit zijn klas, de juf...

Ze hebben allemaal een hekel aan hem."

"Mmm," antwoordt Malum, "hij heeft natuurlijk ruzie met de hele wereld."

"Zo is dat," knikt Loek. "Hij kan het verhaal aanpassen en u ook een rol in het verhaal geven. Een hoofdrol bijvoorbeeld."

Sander knikt. "Het is echt heel erg, meester," zucht hij. "Niemand wil nog iets met me te maken hebben."

"Dat kan ik me voorstellen," mompelt Malum. En dan schreeuwt hij heel hard: "Dat laat me koud, snotaap. Jij hebt mij voor schut gezet. Bovendien zijn jullie ongevraagd mijn domein binnengedrongen. Dat duld ik niet. Maar goed, ik ben geen slechte kerel, ik zal de vloek ongedaan maken."

Sander krijgt de kans niet om Malum te bedanken.

"Gezin Cruel! Gezin Cruel! Kom jullie buik maar vullen."

De deur zwaait open en de cyclopen marcheren naar binnen. Ze hebben enorme slabben voor. Moeder Cruel heeft een emmer mayonaise in haar handen.

Wij zijn cyclopen.
Wij bijten mensenbuiken open.

Wij vissen er het lekkers uit.
Wij peuzelen smakkend aan een kuit.
Wij maken kauwgom van hun tenen.
Wij spelen hockey met hun benen.
Wij dansen dan een polonaise.
Wij eten kabouters met mayonaise.

Bij het horen van het lied rent Loek naar een hoek van de kamer. Hij duikt neer, slaat zijn armen om zijn hoofd en barst in tranen uit.

"Het is met ons gedaan," snikt hij. "Voorbij. We gaan eraan." Dikke tranen druppen op zijn jasje.

Ook Sander heeft door hoe Malum de vloek ongedaan wil maken. Hij is doodsbang, maar hij begint uitzinnig op zijn benen te slaan.

De cyclopen kijken de lachende jongen verbaasd aan. Iemand die staat te gieren omdat hij opgegeten wordt? Dat is gek. Dat hebben ze nog nooit meegemaakt.

"Hij heeft er echt zin in," grijnst Malum. "Kijk, hij staat te springen om opgegeten te worden."

En dan gaat Malum voor zoon Cruel staan.

"Spits je oren, zoon. Jij eet die jongen op. Jij alleen en niemand anders."

Vader en moeder Cruel kijken op hun neus. Zus Cruel bijt jaloers op haar lip. De lekkere malse jongen is voor Pieter. En zij dan? Malum ziet hun ontgoochelde blikken.

"Goed, goed," lacht hij toegeeflijk. "De armen en de benen moet Pieter voor jullie laten en de kabouter mogen jullie als toetje verdelen."

De cyclopen knikken blij. Het water loopt in hun monden. Die jongen ziet er ronduit zalig uit en die kabouter... Heerlijk, zo'n biefstukje. Laat maar komen.

Ook zoon Cruel wrijft begerig in zijn handen. Zo van: het is nu of nooit.

"En nu ga ik maar," grimlacht Malum, "want ik moet bij de kleermaker mijn nieuwe mantel passen. Hij is prachtig geworden, met een sluiting van hondeneuzen."

Sander krijgt kippevel. Een sluiting van hondeneuzen... Die tovenaar is een monster.

"Vaarwel, schrijver. Tot nooit, kabouter. Smakelijk eten, beste cyclopen."

Met veel zwier verlaat Malum zijn werkkamer. Vader cycloop gaat voor Sander staan.

"Geef de mayonaise hier. Ik wil hem insmeren. Dan glijdt hij beter door mijn keel."

"Niets daarvan," roept moeder Cruel. "Die jongen is voor Pieter. Je weet toch wat de meester zei? Als Pieter geen mensenvlees eet, gaan we eraan.

Mij niet gezien."

"Het is waar," zucht vader Cruel. "Vooruit, jongen, verscheur hem. Schiet op, ik snak naar een arm."

"Niet te gulzig zijn, hoor. De benen zijn ook voor ons," gilt zus Cruel.

Pieter gaat voor Sander staan. Hij grijpt Sander bij zijn arm.

"Met mayonaise smaakt het nog lekkerder." Vader Cruel smeert Sanders hoofd in. De klodders mayonaise druppen van zijn haar op zijn neus. Sander wil heel hard weglopen. Hij wrikt en rukt. Maar Pieters enorme cyclopenhand blijft om zijn arm geklemd alsof het een lucifer is. Ondertussen heeft vader cycloop hem helemaal ingesmeerd. Mijn ouders, flitst het door Sanders hoofd. Ik zie ze nooit meer. Ze zullen me ook nooit vinden. Juf Ans, Linde... Oh, wat erg...

Loek zit verdoofd van angst in de hoek en slaat zijn handen voor zijn ogen. Hij wil niet zien hoe Sander wordt verscheurd.

"Hup, Pieter, hup," gilt zus cycloop.

"Waar wacht je op?" roept pa.

"Vooruit, jongen, eet hem op," moedigt moeder Cruel haar zoon aan. "Je wilt ons toch niet dood, hè?!"

"Euh... Natuurlijk niet..." hakkelt de jonge reus. Hij spert zijn enorme mond. Elke tand is zo groot als een vuist. Sander sluit zijn ogen.

Net voor hij hapt, bedenkt Pieter zich. "Zeg ma, mag ik eens in dat boek kijken?"

Moeder Cruel kijkt haar zoon verbaasd aan. "In dat boek kijken? Waarom zou je?"

"Om wat meer moed te krijgen. Het is de eerste keer dat ik een mens eet, en..."

"Niets daarvan," tiert vader Cruel. "Niemand mag in dat boek kijken. Dat is verboden."

"Toe, pa, ik heb echt wat meer lef nodig om die jongen op te eten."

Sander opent even zijn ogen en kijkt van de ene reus naar de andere. Ze gapen hem verlangend aan. De blik van de reuzen, het hartverscheurende gehuil van Loek... Alles speelt zich af als in een griezelfilm. Sander duizelt. Hij heeft het gevoel dat zijn benen hem niet meer kunnen dragen. De zenuwen gieren door zijn keel en hij heeft het gevoel dat hij moet braken. Die cycloop had hem beter meteen kunnen opeten. Hij sluit opnieuw zijn ogen.

"Ach, laat hem even in dat boek kijken," hoort hij de reuzin zeggen. "Als hij de jongen niet opeet, gaan wij eraan."

"Goed," mompelt vader Cruel. "Geef hem zijn zin maar. Ik heb hier niets te zeggen. Wat ben ik toch een pantoffelheld."

"Je bent een schat," antwoordt moeder cycloop.

"Ja, ja..." Vader Cruel kijkt nukkig voor zich uit.

Sander voelt dat de jonge reus zijn arm loslaat. Hij blijft gelaten staan. Weglopen heeft geen zin. Met de reuzen om hem heen kan hij toch niet ontsnappen.

Pieter bladert in het boek. "K... l... m... moe... moed... Hier staat het," mompelt hij.

Sander hoort hoe de reus binnensmonds leest wat hij moet doen om meer moed te krijgen. Nu zal het snel voorbij zijn. Hij knijpt zijn ogen nog harder dicht.

"Abracadil, salamanderbil," roept Pieter. "Ma, pa en zus, beweeg niet meer. Sta stil."

Ma, pa en zus Cruel zijn onbeweeglijk. Ze staan versteend voor zich uit te staren.

Sander hoort zichzelf ademen. Nog even, denkt hij. Nog even en dan is het voorbij.

Loek hapt naar lucht.

Wat bezielt die cycloop? Waarom betovert hij zijn ouders en zijn zus? Waarom laat hij ze daar als beelden staan? Is hij misschien een veelvraat die alles wil?

Pieter knipoogt naar Loek en gaat voor Sander staan.

"Schrok... schrok me maar op," mompelt Sander ontredderd. "En alsjeblieft vlug zodat het snel voorbij is."

Pieter schiet in de lach. "Helemaal niet, ik hou niet van mensenvlees." Dan kijkt Pieter naar Loek. "Laat staan kaboutervlees."

Sander opent zijn ogen. "Dus je wilt mij niet opeten?" vraagt hij met een piepstem.

"Ik denk er niet aan. Ik ben vegetariër."

"Vegetariër?"

"Ik eet alleen granen, groente en fruit, geen vlees.

Zeg, jullie moeten knettergek zijn om hierheen te komen. Wat komen jullie hier zoeken?"

Loek kruipt uit zijn hoek en komt voorzichtig dichterbij.

"Je lust echt geen kabouter, hè?!" roept hij voor alle zekerheid.

"Nee," lacht Pieter. "Erewoord!"

"Oef," zucht Loek en dan vertelt hij alles in geuren en kleuren. Pieter luistert aandachtig. Ondertussen probeert hij iets te verzinnen waardoor Loek en Sander kunnen ontsnappen. Maar het plan zit nog maar half in zijn hoofd als...

"Oh, wat een prachtige mantel," roept Malum in de gang.

Abracadil, salamanderbil...

Loek verstart.

"Wat nu?" sist Sander. "We zitten als ratten in de val."

"Kabouter, verstop je," fluistert Pieter gejaagd. "Sander, stop je arm in je mouw en kreun."

"Waarom?"

"Geen vragen. Doen."

Loek kruipt snel achter een gordijn. Bah, er ligt een hoop stof. Zijn neus kriebelt ervan. Sander stopt zijn hand in zijn mouw en begint te kreunen. Als Malum binnenkomt doet Pieter alsof hij kauwt. "Heerlijk, mensenvlees, ik had het al veel eerder moeten proberen, meester. Zalig die hand."

"Zei ik het niet?" roept Malum. Hij gaat voor vader Cruel staan en kijkt hem onderzoekend aan. Dan ziet hij dat moeder en zus cycloop er ook als standbeelden bij staan. "Wat is er met hen?"

Sander kijkt verschrikt naar Pieter en vergeet te kreunen...

"Euh... tja, meester... euh... ze hebben misschien wat aan hun maag. Die kabouter was nogal taai,"

liegt Pieter stamelend van angst. Terwijl Malum
om zus cycloop heen wandelt, gebaart Pieter dat
Sander meer moet kreunen.

"Auw, auw," jammert Sander vlug. "Mijn hand...
mijn hand..."

Malum zwaait woest met zijn staf en kijkt dan
naar de ijzeren boekensteun. Zijn oog valt op het
boek. Hij loopt er razend op af en zijn gezicht verstart. "Er heeft iemand in mijn boek gebladerd,"
brult hij. "Wie heeft..."

Op dat moment kan Loek niet meer. Het stof
kriebelt te veel in zijn neus.

"Hatsjie!" klinkt het achter het gordijn.

"Wat is dat?!" Malum loopt naar het raam en

trekt woest het gordijn opzij. Loek zit in elkaar gedoken met zijn handen om zijn hoofd geklemd.

"Leugenaar, jij verdraaide nietsnut, stuk ongedierte!" Malum draait zich bruusk om en grijpt Sander bij zijn arm. Hij tilt Sanders mouw op. De hand komt te voorschijn. Sander schiet in de lach.

Malum gaat dreigend voor Pieter staan. "Wat heeft dit te betekenen? Ik ga jullie in kikkers veranderen," tiert hij. "Nu, meteen! En jij bent de eerste." Hij houdt zijn staf boven Pieters hoofd. Net voor de staf neerkomt, gilt Pieter: "Abracadil, salamanderbil, Malum beweeg niet meer. Sta stil."

Malum kan geen voet meer verzetten. Zijn gezicht staat verbeten en hij houdt de staf boven Pieters hoofd.

Sander wist het angstzweet van zijn voorhoofd. "Dat was op het nippertje," giechelt hij nog wat na. "Wat goed van je. Dat je die spreuk nog wist..."

Pieter haalt zijn schouders op.

Sander giechelt maar door.

"En nu moeten we eens vlug in dat boek kijken, zodat jij van dat lachen afraakt." Pieter bladert in het boek. "Hier staat het. Zeg me na."

Uilekeutels, vleermuisteentjes,
hagedis met voetbalbeentjes.

93

Mier op racefiets met een rugzak.
Pier met lipstick en nagellak.
Knettergek, grappig of idioot,
het maakt niet uit.
Ik lach, ik gier en gil
alleen als ik het wil.

Sander zegt alle zinnen keurig na.
"Hoe kan ik je bedanken," mompelt hij dan.
"Niets te danken," lacht Pieter.
"Toch wel," zegt Loek. "Je hebt ons leven gered.
En wat ga jij nu doen?"
Pieter grijnst. "Ik verkneukel me nu al. Ik ga me kostelijk amuseren met dat boek."
"Hoezo?"
"Ik ga Malum omtoveren in een hond. Een lieve, trouwe hond met flaporen en vlekken. Daar droom ik al jaren van. Van mijn ouders en mijn zus maak ik ook vegetariërs. De draken worden salamanders. Ik hou van salamanders. Vooral de mannetjes met hun oranje buiken vind ik grappig. De raaf mag raaf blijven. Maar dan wel een raaf die vrij is en mag vliegen. Hoog in de lucht. Het zal een hele opluchting voor dat beest zijn. Ik tover een hele bibliotheek boeken bij elkaar..."
Pieter is dolgelukkig. Hij zucht ervan.

Sander gaat voor de stokstijve Malum staan en kriebelt in zijn baard. "Brave hond," lacht hij. "Goed luisteren naar het baasje."

"Gek jong," giechelt Loek. "Maar we kunnen nu beter opstappen, Sander. Anders staan je ouders bij een leeg bed."

Ze nemen heel hartelijk afscheid. Pieter zwaait ze uit. Loek en Sander zien niet meer hoe Pieter zijn ouders en zus in vegetarische boekenwurmen omtovert, van de draken salamanders maakt en van Malum een brave hond. Een bruine hond met zwarte vlekken en enorme flaporen.

Het lachen hield op. Juf Ans was niet boos meer en mama en papa draaiden bij. En ook de kinderen in de klas waren het lachen gauw vergeten. Aan één iemand heeft Sander de hele geschiedenis verteld. Een bijzonder iemand. Hij nodigde Linde uit en op zolder in de hangmat heeft hij alles uitgelegd.

Linde zei dat het moeilijk was om alles te geloven, maar dat ze Sander toch geloofde. Gewoon omdat hij het was. Ze kneep hem toen even in zijn arm. Sanders wangen gloeiden ervan. En toen wist hij heel zeker dat Linde het allerliefste meisje van de wereld was.

Juf Ans las Sanders nieuwe verhaal voor: het verhaal van Rozebottel, Loek, Fien, Vos, Wolf, Goudvleugel, Zilvervleugel en de andere sprookjesfiguren die Sander uit de sprookjesboeken van zijn grootvader kende. En de kinderen in de klas vertelden het verhaal aan hun neven en nichten. De neven en nichten vertelden het aan de kinderen van de buren. De kinderen van de buren vertelden het aan de kinderen van een schrijfster. Die vond het zo'n mooi verhaal dat ze Sander opzocht. En toen vertelde Sander zijn verhaal, zijn sprookje. Alleen dit sprookje was echt gebeurd...